U0609690

青 蔓

董小翠 著

天津出版传媒集团

百花文艺出版社

图书在版编目（CIP）数据

青蔓 / 董小翠著. -- 天津 ： 百花文艺出版社，
2025. 4. -- ISBN 978-7-5306-9110-6

Ⅰ. Ⅰ227

中国国家版本馆 CIP 数据核字第 2025MM4079 号

青蔓
QING MAN
董小翠　著

出 版 人：薛印胜
责任编辑：张　雪
装帧设计：吴梦涵
出版发行：百花文艺出版社
地址：天津市和平区西康路 35 号　　邮编：300051
电话传真：+86-22-23332651（发行部）
　　　　　+86-22-23332656（总编室）
　　　　　+86-22-23332478（邮购部）
网址：http://www.baihuawenyi.com
印刷：三河市华东印刷有限公司
开本：880 毫米×1230 毫米　1/32
字数：170 千字
印张：9.25
版次：2025 年 4 月第 1 版
印次：2025 年 4 月第 1 次印刷
定价：58.00 元

如有印装质量问题，请与三河市华东印刷有限公司联系调换
地址：三河市燕郊冶金路口南马起乏村西
电话：19931677990　邮编：065201

版权所有　侵权必究

序

卿青如蔓

黎落

一

中国汉字是世上最可爱的文字，横平竖直代表天地方正，转角处疏影横斜，伸出去一方庑殿一角悬山，很像中国建筑，每个构件经卯榫组合成独特的风致，如念在时光里的一枚青橄榄。

有些汉字天生自带诗意和韵致，譬如"卿"，可组成上卿、卿子、公卿、卿卿，无论哪种，都可生出无限遐思。读诗人董小翠的诗集，第一念就生出：清雅佳人之感，仿佛背着琴筝的女子，款款然：安静，青翠，绿雅。

我喜欢这个比喻。这里面有种古意盎然和亦真亦幻的视觉与嗅觉纠缠的遥远亲近，生动又疏离。

然佳人如同这个时代美女一样，被耗损殆尽。是故，

青 蔓

我杜撰一个极好的词：卿青如蔓。一来，小翠的诗集就叫《青蔓》；再则，非此不足以契合诗歌的美感。

二

诗歌由文字组成，万千变化中行走着流云和苍龙。诗人煮诗疗饥，又裁字作舟，经历千锤百炼方得一部诗歌本集，纵非字字玑珠，必定也如劳燕衔泥一点点衔土垒成这文字的高楼。

诗人董小翠将她2022年至今所作诗汇集成册，准备付梓，让我代为写序。这实在有些难为我，因为我除了给一位成都老友的一部生活随笔写过一篇小文之外，再没写过任何一篇正式的序。

但是，我执拗地认定，诗人是最接近天空的人，诗歌是最接近理想的文体。因为自由而不羁，因为有所顾忌而保留善良。而写诗、读诗恰是我们共同的执念。如此，我乐以诗人的视角和经验，向读者分享另一个同样热爱诗歌写作的诗人的作品。

三

相信小翠是热爱星辰大海的人。

相信她对诗歌的理解"简单清新，诗意生活"，如同她这部集子定名为《青蔓》。相信简洁的生活亦有千帆之后的归来和思追。相信她诗歌里那些真切地触及自然和情感的句子。比如开篇的《俯下身的稻谷》：

那么多披头散发的人

在他们的国度里

用同样的姿势向我伸出双臂

并垂下头

仿佛有亿万个亲吻

但是我，不觉得羞涩

我还那样小

小到还无法辨识

一个老父亲和一棵稻谷的区别

文本很短，但韵味悠远。在小翠这里，父亲和稻谷其实是一体的，都是大自然的恩赐，都是伸开双臂拥抱自己的物事，都有一种明确的抵达或者说爱。他们的国度或许不完满，可当他们恭敬地用最接近本源的方式俯身向下，谁能说他们有区别？而这，应该就是整部诗集的基调：美好、坚韧、舒展。

再比如这首《谷雨》：

…………

我却关注于

一棵青草在睫毛上变换

各种舞姿

哦，喜欢，是的

我在一场雨中，坚持并抗争下去

毫无悬念，这里的她是诗人另一个真实的影像：执着、生动，也因此充满了自我的觉醒。这是一种带着肯定的自我认知，形成内在的回环，视野由外向内，由远而近，是一种回答和省察。

小翠说：抒情和哲理相结合是诗歌最好的状态。

在这里，抒情是心，哲理是道，也是个人体验和公共性的统一。就像她最欣赏的诗人娜夜的成名作《起风了》，随性，自在，而韵味深厚。

四

简·赫斯菲尔德在《诗的九重门》里说："从视觉和思维的联系中，我们发现了诗歌能够挖取知识的第一个秘密，那便是通过向外开采而获得内在的矿石。"

观察而后感知诗意并准确把它记载或提取出来，是一种能力。小翠取材自然、风物、人事、生活，通过归纳整饬，将经纬线编织成一朵朵山间小花，整体清新雅致，很容易消化和理解，也能快速引领阅读。

她的思维是线性的，风雨雷电，季候山水，都带着天真的浪漫情愫，甚至有种童真的"拙"，这在第一辑"俯下身的稻谷"中表达得相对明显，抒情所占比重也略大。

第二辑"雨竹潇潇"则增加了冷静观察的力度，视角更偏向自我或以我为参照的周边的物事群，并有意识地套叠了一些意象组。比如《与己书》中小翠的剖析和表达："不安的心好像是一朵花蕾含苞待放。"你知道的，人群中总有这样一种人，保持了庸常生活之外的孤独冥想和芬芳诗心。

　　第三辑"问时光"，更多倾注了内在感觉、回忆，以及自我定义，坐拥生活而开始反观。一个"问"字，需要倾注多少自我的观照和行走？而这正是作为诗人的好现象，到了一定阶段必然开始向内行走，然后才能再次出发。

　　我很怀疑《听闻远方有你》中的"你"是小翠自己。经历之后的找到，需要时间，也需要坚持。就像对待爱，活着，诗。这最基本的求索在行走一段时间之后的遥想或回看，就像第四辑定名为"阳光正好"。

蔷薇悄悄攀附的矮墙
飞向云彩的飞鸟
在温暖的光景之中，斑斓着羽毛

质朴的情怀与名字
甚至清脆的音质
它们，因此拥有拨弄时间的指针

我看到

每一个黑影都以光明在论证

一次次迎来落日

　　万物经过自己的时光，经过雨水、风雪和时间。在不断思索和舍取中取回最初那个向上的、未被泯灭的飞鸟，她斑斓着羽毛，迎接逼近的落日。与其说这是小诗，不如说更像誓言和对世界的拥抱。

　　纵观诗集，不难看出，小翠内在的丰盈其实一直都在。这难道不是写诗的真正意义，难道不是历经之后的坚持？我想，诗人，大抵都该如此。

　　因为，卿青如蔓。

2024 年 11 月 1 日

目录

第一辑　俯下身的稻谷

青 蔓

青 蔓

第三辑 问时光

第一辑　俯下身的稻谷

俯下身的稻谷

那么多披头散发的人
在他们的国度里
用同样的姿势向我伸出双臂
并垂下头
仿佛有亿万个亲吻
但是我，不觉得羞涩
我还那样小
小到还无法辨识
一个老父亲和一棵稻谷的区别

一座山

它是一页沉重的历史

但它没有一个字

太阳从黎明把它照到黄昏

反复使它的白头变成青丝

我凝视它的巍峨，陡峭与绵延

从没感到一块石头的无情

水流着流着就有了盆地

风吹着吹着就有了梯田

它还是一个古老的姓氏

山鸡、山羊、山松、山茶花们

那么多的动植物向它皈依

每一次靠近

都能听到安详的声音

和看到不休的荼蘼

云

我的荒谬在于我赋予它情人的情感

认为它的多变是内心丰富

我爱它的白，它的红，它的绚丽

甚至它变成黑色时都让我倾心

它在遥远的天空飘荡，招摇

迷人时遮住太阳和月亮

更加迷人时泪流如雨

我的心像一朵蒲公英

向它飞

仿佛它才是最丰腴的土地

我的心荒谬地飞

万里无云时还在飞

直到我发现自己的荒谬和它的诡异

故乡

在缸窑路，我已记不清楚
哪里藏有永乐与宣德时期的村落

一座瓷都，一段段逝去的温情岁月
那些远走他乡的白玉瓷、白兰瓷、玉兰瓷、红玫瑰

有多少沧桑还可以从某一段崎岖里捧起来聆听
记不清哪一束火在大地震之后
重新被点燃

一夜之间，所有的裂缝都被它们弥合
生生不息的窑火，像古老的凤凰图腾

在泥土之中，在工匠精神之中
煅烧出一座城池的新名字——唐山

远远地，我描绘凤凰于飞

远远地，我眺望南湖、纪念碑、新街

和一张张洋溢着幸福的脸庞

多么和谐，多么相得益彰

像一首诗中突出的又一个主题

充满东方意象

老街印象

那条河道
溢满当年运煤的记忆
汉时风霜穿越虚掩之门
于唐津运河上落脚

那是父辈们的战场
井下满是乌金
他们顶着头盔和矿灯
一身工装钻进黑色的海洋

如今,吊脚楼、石灰壁、木雕窗
在老街,将往事钩沉
河水手挽夕阳
摆渡的老人在月色下拉二胡
二妈的豆花馆里

散发着独特的清香

唐山河头老街，堆叠光影
在我的眼眸中铿亮

山河

每遇见一条河流
我就想起父亲的影子
儿时，父亲背着我
他的脊背像一座山在移动
如今，父亲的脊背弯了
每一次我背着他离开土炕
忽然觉得自己像一座山
有一条河正从山间流过

阳光正好

阳光正好。照射庭院一隅
听码字声、风声、鸟声及浣洗声

阳台上挂着浆洗好的床单
母亲的手在每一次饱满的肥皂泡泡中变蓝

为我，近日

她总是埋头于那些青苔和茅草制成的鼓
并止于一言一行

心事如阳光，正午
照射我的红唇

陌生小城

看到了时间
如倒流的河水

月光引领着它们
仿佛有只蓝鲸搁浅在这里

每个人的脸上都隐藏了表情
我努力回想某年某月来过此地

卖花的小女孩还那样清晰
不知道她现在去了哪里

只有那一双目光
像盛开的玫瑰

故乡，是一枚动词

是什么

聚集在我的眼底

甚至已经进入我的体内，甚至

已占据我的每一根神经

又是什么在搅动它们

形成巨大的旋涡

像爱情，在催生欲望

又像抚慰来自遥远的地方

它们在发酵

使我感到膨胀，使我灼热

我不否认炊烟的缥缈

月光的柔软

泥土的湿润

更有一棵山茶花

在我灵魂里疯长

像红色的家书
却写满黑色的文字

余晖之下

此时的紫藤们显得更紫

对于它们来说

身下是一片幽静的湖

永远被阴影笼罩着

需要更强烈的光给阴影着色

于是，整个西街路灯开始亮了

像落日一样准时

晚风吹向它们

坐在石阶上等待已久的母女也走向它们

小女孩为母亲拍摄的角度真好

藤蔓像一件紫色的披风

挂在她的肩上

脚下踩着黑色的粼粼波光

读信的人

月光下的老屋啊
谁家的羔羊迷途路过那里
悲鸣传入旷野之中

而我记忆里的另一个图画，秋千荡起了少女的惊呼

小花儿落在同样的月光里
那一夜，不止有一只羊妈妈的呼唤
也有父亲的斥责

多少年了，已是一个人的我
想知道，离开之后
这里又都发生了什么

想知道，还有多少封来信未被开启

想知道，在同样的月光里

那个只记着老地址的少年如今是什么模样？

静物

古楼静默如初

一半灯火璀璨，一半隐匿于迷雾之中

那迷雾的厚薄程度，皆由你的画笔来精心描摹

其中包括檐下的风铃和精美的雕花

脚下的基石已然沧桑

需晕染些许光影，方能唤起一首诗的韵味

这悠远的肃穆之感与恢宏的壮丽之姿

强力冲击着每一根充满惊叹的神经

迷茫还在不断蔓延

如同虔诚的朝拜

仿佛一个失意的行者

若不过于端详，哪能触摸到当年的故事

以及一场场离别

多少人和事，无法留念亦难以把握

却不能如一支画笔任意涂抹

只是孤单地伫立

任凭流年匆匆

胡同

脚印、青苔、墙上旧瓦，湿漉漉地
伫立着
被时光磨平的巷子
已经模糊不清

攥着风云，想编撰一段故事
一位老人
把胡同的脉络
刻在他手上的掌纹里

仿佛，一次推心置腹的对话
该留的该弃的

——青石板上
弯曲的印痕，随着小路蜿蜒

青花

你不止一次，让我在江南缱绻的烟雨中陶醉

在温润的岁月中徘徊

还在缠枝、牡丹、如意、双鱼，天青色的疼痛中

泪流满面

时光缓缓地流转中

你静谧了一身轻透的纱衣

在我一次次追寻你青涩的古老源头

每一个棱角间的幽居之美，仿佛

淡然成一颦一笑的梅花

每一滴淡若墨香的幽殇之美

都在易安诗词里清婉哀愁

当我一次次审视，那些侵入宋词元曲之中的深刻

捧着那些略带纹络的故事，其中

还能读出几缕青花？

瓦罐

一只青色的瓦罐

陈列在褪色的时光里

深藏着一个朝代的寂寞，和秘密

那些被煮沸的水、食物，早已消失

举杯嘶吼的人，在火光中喜极而泣

曾经繁茂的花草，已成为画中的风景

只有这只陶罐，还保留着

最初的温情

我有一所房子

屋檐下时常悬挂着许多梦
从不否认那些天籁之音
让我感到比星月照耀更安宁
我说出来你也会爱上
比如，风铃、雨滴以及鸟鸣

晨曦和余晖都是喧嚣的留恋者
只有我，如窗台前的花朵
那么幸运

而令人恐惧的岁月流逝
只不过是一位画师，它粉刷过的墙壁
只不过是人生谜题的谜底

我安居于此，创造更多的谜题
并期待你用更多的智慧和爱意破解它

我的笔在母爱里涤荡

在大地上写甘露，晶莹
写一首诗的题目
橘黄的灯光，在翻涌的夜色中
释放温暖，色调，宁静

偶尔停笔发呆
划掉呻吟，矫情
关上窗户
让咖啡与沸腾的水，相互和解
让苦涩的香气，沁人心脾

母亲悄悄走过来
换上一杯
她从来不会兑一滴水
任咖啡的热气和美感，缓缓地
装满房间

雪落上屋顶

雪落上屋顶。每一朵
都找到了它的契合点
闪烁在眼眸里，黑白交替

时光虚处，捎来你的消息
回来的路上，与我同行
被冬天装帧成一册诗集

村庄袅袅燃起的炊烟
比往日更新鲜

梦里嚼乡愁

迫不及待走进四月
只为一个感触，归家的等候
风是微凉的，将忧伤的小溪吹皱
雨是多情的，摇荡着思念的扁舟

风在摇曳，雨还依旧
一杯女儿红，梦里嚼乡愁
最怀念家的味道
那是一条不回头的河流

不想让你这样走
把雨丝织成彩绸
挽住春天的手
却拽不住时光的衣袖

篱笆那边

野刺们像是在围猎
抑或在守卫自己的领地，但无能为力

麻雀跳进来又轻松飞走
只有我和父亲从来不敢触碰

作为这片荒地的主宰者
我们显然比麻雀要强大百倍

我们完全可以清除它们
但什么都没做

在外围，种下蔬菜
种下高粱与稻谷

它们只是我们心中的篱笆

尽管并不能阻挡什么

空房子

记得农村老家的房子
大大又满满
我喜欢爬上屋顶
看月光如纱罩住万物
我们离得很近，却又感觉很远
望累了，就对着星星许愿
许是心灵相通，和它们一同沉默
窥视着彼此的内心，竟然无语
记忆里，屋前屋后的虫鸣渐渐模糊
在欢快的乔迁声里
空房子留下叹息
翌年春天，燕子不再飞进那个院落
夜幕下，新居在城里
挤散了我的梦

一棵树

窗外，略有几丝脆弱的哀叹
正划破夜的静谧
发出金属般的脆响

风，仍没有停歇
细看那些模糊的晃动
又真切了几分
古老的皱纹穿越了长久的沧桑
吟唱起来自上古的乐典
而沸腾的血液
正流动着抗击自然的力量

不知何时，一条条看不清的弧线
在内心结了痂
枯黄的衣裙随风褪下
一片绿意，已悄然生长

春天最后一个证人

谷雨，桀骜地赶来
些许惆怅
渺无声息地漫进我的眉头

等春风最后一次推开窗户，梳弄我的长发
明朗清澈的天空，遗忘
久居的小城

而你在缄默中慢慢深藏
一池雾，眼眸，梦
是否在繁花盛开的路口远去
是否和即将成熟在田垄的麦子挥一挥手

秋辞

起风吧

是时候确立层林尽染的隐喻之美了

给独自站在田埂眺望的老人

一个更朦胧的答案

需不需要再建设用于仓储的小屋

让他自己做决定

果实融合着强烈的光和温柔的水波

正酝酿蜜意

我在千里之外，故作矜持

装出已经长大的样子

当炊烟穿过故有的木屋顶，像一首情诗

我还是忍不住陷入深深的怀恋

他和母亲一起牵着我的手

仿佛饮啜之后归巢的鸟

满足，安详，又有几分雀跃

在风摇动的叶丛里
梳理比叶丛更艳丽的羽毛

大暑辞

茉莉花应雨盛放，一朵接着一朵
如我心中接踵而至的莫名想法
在寻求一个不知所以的答案

太多伟大的时刻
催促着思考成为自然
好像没有例外

起风了，水波之上涟漪更远
蝉鸣更远，花香更远
我感到自己与万物一样狂热

整个上午，我都在伟大的时刻中穿行
从焦灼中渐渐回到平静
更远处，青山碧翠，林野莽莽
一群麻雀，也在探索着不为人知的秘密

母亲的背影

院子里，母亲仍然在忙碌
梨花正如雪般急促地开

我有很多的记忆停留在那样的春天里
那样的画面

极易把一棵梨树的样子
和母亲细密地交织

在同样的蓝天下
同样的风雨和阳光中

一棵梨树有着深沉的爱和守望
一位母亲有着朴素的草木之心

而我总在一枚青果和少女之间冥想

并转换角色

枕着光的她

多么像此时此刻的玉兰花

顺从了春风的意愿

就在这里向某处坠落

轻声地呼唤着捕捉白色蝴蝶的少年

——它们不是春天的真相

春天没有那样的翅膀

只有代替母亲苍老的少女

一夜之间她真的老了

眼睛像暴涨的河流那样浑浊

致使所有的光芒

都不能再次发生折射

生活是一只奇幻的杯子

命运之门不宽不窄

恰好容我独自穿行

门里是深邃的梦

门外是丰富多彩的思想

而生活是一只奇幻的杯子

当花儿开遍了南山

它盛满了风雨和阳光

当花香遮蔽了路途

它盛满了醉人的酒

我从梦中醒来

它满满的一杯黎明

我在思想中沉睡

它有静谧的黄昏

当我高高举起它邀月

它却空空如也

此时的三个影子
让我的命运变得结实又曲折

母爱

母亲狠心剪掉树的枯枝
又细心地一根根拾起
是要把打碎的日子还原

枯枝在默默静等
等着拾薪之人赋予它新生命
化作烈火燃烧时，又发出光

轮回的岁月被推着向前
铸造一种新式的风景
母亲将期望交到我手上

如若可以，我也想在未来
去剪断、拾起那些枯枝
不久的将来转交给女儿

年味

雪花落在藏有麻雀的屋檐
还有什么能
冻住风
它们解衣的动作那么娴熟
好像冬天早已过去

院里，父亲挂起自己腌制的腊肉
母亲捅开炉火，红火的年节
开始了

院外，春草暗生

一枚柿子

它是红的，但不是玫瑰
是甜的，但不是糖
翘首于枝巅

每个字都是死亡的判决
每个字都是重新开始的判决

我坐在炉火前，脸红得像玫瑰
和它对望
心中甜得像糖

它像一盏灯
即将落地与熄灭
它将在废墟上看我如何去爱

我将在寒冷的冬天
接受一颗种子的春天

滦河颂

看到滦河，就想起我的母亲

想起她的亲切，宽宥和深沉

想起她的手掌在皲裂的土地上摸索

想起她的背影在崎岖蜿蜒的山路上攀爬

想起她慈祥、宁静的怀抱

清澈见底的叮咛

想起她坚韧的性子

孺子牛般的意志

我的母亲是大滦河

她一生都在诉说巴彦古尔图山麓的泥沙俱下

诉说闪电河的壮阔

诉说潘家口、罗家屯、龟口峡

诉说两岸勤劳的人民

她把八百多公里的生命长度总和告诉我

她把山川、平地，三千多年的悠久历史告诉我

她像古老的长城一般俯卧

她甘愿鞠躬尽瘁

日夜奔波

她在万籁无声中见证两岸的人间烟火

聆听一首首生命的赞歌

她像一只蕴藏着无限智慧的凤凰

在日出时分

向着东方展翅翱翔

乌镇即景

一串划开水波的橹声

在如诗的晨雾、霞光

与枕河窗扉间悠悠回荡

沿着水乡旧埠，停在逢源桥头

走在石板路上梦还未醒

早已把自己误认为是蓝衫船娘

痴迷于新的角色

而忘却了往日的一切

酒旗在风中轻舞，木楼雕阁映水色而立

不结果的银杏与神龟一样沉默

一片，怎么追也追不上的流云

衬托着永恒的蓝

一位阿婆身着旗袍，怀抱琵琶

她的一曲评弹

让天空下起了雨

行走稻田画中的山里各庄

燕山风，千亩稻田，山里各庄
诗情画意
稻田积攒了四季
晨曦、晚霞、星光
都属于，我们心心念念的画卷

小火车在稻浪中穿梭
"中国醉美乡村"的美名
是由哪阵风吹来
田为纸，稻为墨
那些被稻穗点亮的名词、动词、形容词
瞬间，展开七彩的羽翼
向祖国，75岁的母亲飞去并送出一份金灿灿的贺礼

此时，小火车在鸣笛声中欢笑

成片的稻穗闪着璀璨的光

这古老的田埂上

有人沉浸

有人热烈

有人踮起脚尖

有人扬起纱巾

凤凰城的山水啊，就这样

质朴地敞开胸怀

那些稻谷的欢喜，来自我们的形状

来自，你的名字

——山里各庄

郝家火烧

如一只青花瓷的诞生
精美绝伦的珐琅釉色与匠心
都那么纯粹
有这样一双手
把水与火的奔放
美食与艺术的质朴
用多元的手法结合得完整无缺
同样是一群热爱生活的人
不快乐的每一天都不会追逐他们
他们因为热爱一只浑圆的事物
而了解更多的人生意义
如思考一朵花欣赏它并展开深沉的嗅觉
——郝字的谐音
伴随时光的脚步，惊艳百年而未失色
我和他们一样不会忘记

舌尖上的故乡带着温度

带着能塑造的灵魂

没有任何疑问

但仿佛永远都有一个回答

垂涎三尺根本不是因为饥饿

而是为了享受一种无法表达的美学

作为食客和最朴素的鉴赏者

我们对自己百般挑剔

却从未对已经成了一种文化的面团

挑三拣四

一条街

古风在石板路上

小贩吆喝着

从街头到街尾

有几家门店的招牌又换了

老主人杳无音讯

老庙坐在岔路口重复着它的历史

偶尔有人喊我的乳名

回头望去已经不认得对方

黄昏时分，很多孩童

涌进这条街道

他们干净的笑容，没有一点陌生

他们喊妈妈喊得真好听

我有点忍不住想答应

老屋

雨柱从瓦楞间泄下，冲击着小水坑
滴答声，让往事在屋檐下
愈发生动

蟋蟀和乳名一起湮没，只有
那棵核桃树窜出墙
昭示，我们童年的下落

父亲搬来梯子，用长铁钩对准核桃
我们捡着，父亲笑歪了嘴
"开饭了"
母亲隔窗高分贝喊

恍惚间，我应了一声
有菜香打里屋飘出来，年迈的父母

仍旧在忙碌。有雨又落下来
脸颊湿漉漉的

空椅子

庭院那把椅子，经常空着
有时候，一位老人会坐上去，戴着花镜
翻阅着古书、阳光、春风

某个黄昏，我又一次路过那里
用问候，跟老人交换了笑意

时光静了又静。后来那把椅子
真的空了

锁

门上，那把锁
锈迹斑驳
但仍然锁紧老屋子蕴藏的心事和孤寂

心有不甘的人，困惑的人
在风雨中摘下面具
接受诅咒、洗礼

此刻，我继续沉溺于
芳菲的诗意
继续用古老的礼仪
倾诉心事，获得慰藉

风吹草动
只有那把铁锁，牢牢地锁着
一个人的梦呓

花田

已见枯萎的玫瑰花

残留着深浅不一的红

老屋和五月同时被熏香

当我从老屋中走出来

开始穿越五月

这种味道产生的诱惑

使我更加饱满

仿佛是一粒萌动的种子

让我相信光和雨水，甚至是黑暗

都如此美妙

要走的路不能省略

被拥抱的感受不能省略

一直到秋天

整个院落都那么安静

我不会说一句话

包括随我而来的人

庭院

再一次看到雏菊和向日葵的笑脸
我意识到已经归来
被晚霞所铭记的永远是我的过去
在月影中晃动的永远是我的未来
时光如此轮回
在风铃的叮当声中
肆意蔓开的藤萝，企图和放纵
都充满深刻的寓意
灯火阑珊，我的心境却愈发辽阔
当天空全部聚集在院落的上面
通往梦中之门的小径无限幽深
母亲撒下的草灰和水
是唯一的标志
此时，她静静地坐在石凳上
仿佛化作一株紫丁香
模仿着我安静下来的样子

碇步桥

这支琴音般的流水，穿透底层的石块和岸边的青草
历史是存在微波荡漾中的素心女子
但，此时她安静
在踏破两岸的缺口时，像萦绕在你烟雨中的白发
冰冻你沉淀在埠口的淤青
此时遇见她，阳光便曝在生命的血管中
不那么安静
她把手臂伸过来，弹奏
一首通向远方的曲子

南水北调小记

有遗忘，有铭记
江南，杏花，西子湖上
是水的回忆

水越千里
有人在蒙古包里回望一路草色
书写历史印记

塞北激昂动人的调子
醉里挑灯看剑的神勇
刀光剑影的浴血穿梭
激情谱写永恒的旋律

那些水
走过红尘纷扰，途经南北路口
无声无息

又见满江红

大江上的暮色苍茫
关山烽烟其实早已消散
西风凉透了枫叶
霜花染白了少年的青丝

一抹悲壮的红
书写在历史的空白之处
驾长车,踏破贺兰山缺
厮杀声响彻山谷

江水奔腾不息
划破中华大地混沌的岑寂

沐着烟岚,思绪已化成
一片云烟

在卢沟桥

明月升起。从粼粼的水波中
我们凝望：乾隆皇帝御笔亲题的"卢沟晓月"

与日寇抗争的英雄
他们的跫音在桥上回响

犀牛蜷卧岸畔石
滚滚的永定河水流过它的身旁

我们瞻仰展馆
怀念那些前仆后继的身影

在桥上，抚摸每道伤痕。石狮图腾
见证着中华民族前进的每一步

我抬头。天上的明月与我对视

静静地陪伴我迎接旭日东升

怀念屈原

一个人的黄昏
他坐拥着大片荒凉、花香
和波涛滚滚

此刻，无须看帝王的脸色
无须声泪俱下，忧国忧民

而他身后的烽烟
已熏黑了大片江山
敌人的利剑，也已
刺穿了长夜的黑暗

所以，他还要挺身而出
用自己的血肉，做一次
最后的进谏

画皮

青灯，撑起黑暗

那眉间的一点朱砂，足以扰乱君心

刀剑寒光下

这得不到爱情的美艳女子

获得被救活的烈焰

命运，在秋波中颠簸

无休无止的寂寞

腐蚀着高贵的躯壳

青衣下的肉体，被生存与欲望撕扯

素笺描摹，倾城的画皮画骨

却难画心动

饮下这杯烈酒，任青灯迎风

流水在评弹里潺潺不绝

"铮铮铮"
三弦响起时
那人慢慢踱过来了

倚茶楼，品香茗，赏雅曲……
身旁之水潺潺
而不息

一阵风吹过
几朵花落下
暮春时节，一艘船悄悄摇向了江南

富春山居图

看万壑绵延，就势拽起秋风
在山峦放歌

千转百回。枝繁叶茂下
六百七十年的纹理清晰可见
目光里
有水，流向富春江

一尾鱼，挣脱束缚
回归母体

雨一直下

淅沥缠绵的雨声
多次捎来你的消息
我用思绪描摹你的样子

穿梭于云端的精灵
那是我们之间的信使
脚印穿过几欲荒废的小路
等着邂逅，期盼着救赎

雨一直下
雾里传来可以宁神的蛙声
雨幕稠密的时候
我把一颗接近干瘪的心
交给不知名状的人

让每次心跳与雨点重合

在瘦长的时日里

抵达远处的家乡

童年流光

骑竹马

像一团云

像一朵蒲公英

请允许我给你淡淡的阴影

不管你的内心是否接受了它们

我愿意你提出疑问

我愿意为你变换一万种角色

城外，杏花比往年开得更加绚丽

花瓣飘飘荡荡

我躲在里面

等着风

等着重新落在你的手中

当你像少年般愿意去捕捉

生活的瞬间

推铁环

那样的铁和一支漂亮的羽毛没有区别
与漫天飞舞的肥皂泡也没有区别
因为它属于少年
遥远的路程在那个时候已经开始
我记得：吱吱作响的若即若离
高远的天空没有一丝阴影
简单的快乐被风吹着
没有一个人想到现在的我们
会用那样的姿势舞蹈
用那样的姿势走自己的路

放风筝

你那么渴望
有一双翅膀
蓝色天空中的洁白
是你的出身
这不是游戏，是彩排
广阔田野上的油绿
是你的归宿
唯有飞鹰像一面旗帜

稚嫩的旗手

你爱这样的春光
你牵着它
它永远不会流逝

抽陀螺

轻轻力量掉落的时候
旋转，旋转
这样的芭蕾
这奇异的圆锥体
鞭子是轻盈的平衡最后的支撑
抽陀螺的人
在编织舞者的梦想
鞭声四起，天鹅湖就在眼前
整个春天，整个秋天
都是他的私有财产
他那样小已经懂得怎样制造财富

翻花绳

我怀恋

两座五指山之间的水面
两只小天鹅在那里舞蹈

那时，会有眸光闪烁
会有小伙伴从远方围过来
把惊叹与欢乐
高高擎起

多年以后，我依然尚未找到
与之匹配的音乐

丢沙包

这小小战场，仿若电影中的场景
用的是冷兵器

蓬勃的日子
从一方锦缎说起
一只沙包在几人之间疾速穿梭
较量冲破藩篱的能力，模拟成功的人生

那时，我们疯癫而又充满智慧

而今，我们安静，矜持
用阑珊的烟火遮掩对青春的怀念

旋转木马

哪怕身上的彩漆完全剥落
也依然让我产生飘忽不定的美感
由此看来
我绝不是为了真实的绚丽的色彩
我更爱虚幻的不能描画的色彩
令人动摇的力量，角度和方向
可以把它隐喻成什么呢
此时，它化作俯身的天使
赋予小女儿一双渴盼飞翔的羽翼
我仿佛再次找到了真实的自己
眼眸随之低垂与上扬
如同放逐未知的思想

岭上之忆

一

躲不开大地之神明亮而强烈的目光

就别移开眼睛

任风吹开花的笑靥和草地梦幻般的碧绿

在园子与小径深处

当你看到无声无息的炊烟

千万不要留意

一个叫小翠的姑娘

打着花伞，刚刚走过

二

终日悠扬的芦笛与锦瑟指引着我

停下或继续行走

小憩抑或安眠

弥漫苍穹的细雨、流云

甚至是灿烂的星辉

使我惺忪的眼睛忘记与你对视

我们有共同的姐妹或兄弟

那与我一般心境的游人啊

与我一同忘记春秋冬夏

以及黄昏和黎明吧

在大地之神绵延的衣袖里

我们不需要苏醒，只需要沉醉

三

在无数朵恋园花结中

在岭上风情的画卷上

开启与世无争及忘我

近距离聆听静谧

远远，听林鸟鸣唱

无我之境，在田园和都市之间隐匿

诗从晋来，词从宋出

醉倒在东篱之下，卧剥三秋桂子

唯此岭上形胜

我们的梦已跨越汹涌与急促

青　蔓

时间已慢下来
使我们有足够的理由再次拥抱自己
并抚慰自己

四

读一读汲古之书吧
缓缓翻动泛黄的、崭新的扉页
从它们的墨香中取下一幅未经渲染的图景
呼吸声，伴着读者沉思的轻叹
传来心灵遨游的妙音
当风漫过时
灵动的篇章想必也忍不住
驻留在此

五

坐下来，看岭上光荫愈加迷人
从草根上，从清潭，从茶香与咖啡的颜色里
找到自己的灵魂和影子
若能化身一只黄莺，或一只白鹭
用歌舞衬托整个世界的美学天地
我们将受到同样的瞩目和赞美

六

我们将被重新哺育
像云霞，像霓虹，和美丽的花朵
更像一只花篮与锄头
在这永恒的庭宇之中
在每一间打开的小屋旁
运行不息的岁月给我们以锦衣
无论回到天上还是人间
一切发光的物质都属于我们

第二辑　雨竹潇潇

舞者

在时间的壁画中，袖子收藏了风
在海上发掘轻雷的梦境
花开了两次，第二次伴着音符

去山顶的路上，没有人伴舞
但有松果，落入虚空，一段旋律
背弃了栀子花的香味

花蕾有微毒，夜晚是一剂良药
无人醒来的时候，适合
给池塘以月光的投影，是，抑或不是

收起身段的人，走在下山的小道上
蕨类植物最善解人意
独处的时候，不要忘了月亮的勋章

我不是月光

和木鱼一样安详

只为被敲打时
与小楼上的东风一起发出更漏的咏叹

让怀乡的人
把你抱得更紧

让惆怅的曲子
镀亮洁白的霜剑

斩断烦乱的羁绊
当人生的渡口，许我

举起酒杯
我以你的名义吟诵并舞蹈

婚贴

——为纪念结婚十八年而作

在《石雅》之前
绿松石向上生枝开花。而百合花的香气
并没有那么悠远
愈来愈多的蝴蝶围绕在玫瑰花园
那是人间不灭的烟火
枝头也能生出暗香来

今晚，满世界
都是
你温润的声音
你说：那年，那月，那天……
那么清澈的水流
从我们手指缝间经过
我们四目相对，硬生生地
把一块绿松石盯出洞来

雨竹潇潇

到底是谁在石头上刻下了印记？
雨后的竹林，微风轻轻摇移

又是谁在翠绿的身体里注入了巫术和词语
风声踯躅
晨雾轻起
竹林披上薄翼的蝉衣

我只是不小心洞穿了一抹翠绿的心事
从此，竹影摇曳了谁的空寂

谁的羌笛，悠长了满怀的忧郁
枝叶婆娑，虫鸣渗透

多少清梦，扰了三月的弦音
弹一琴离人的沉默和辗转经年的泪雨

与己书

听见秋风变得碎碎念念
让草木与鸟雀有了另一种声音

也看到镜面中幻化出来的自己
减去了几分妩媚

开始尝试以一片草地为底色
勾勒阳光，留取云水的清欢

依然品茶、论诗、跳舞
模仿它们啜饮雨露、晨曦与黄昏

我和它们一样，喜欢这样俯身或摇曳
并安抚风

但不同的是，我误以为又回到了春天

不安的心好像是一朵花蕾含苞待放

我爱

我爱你！栀子
晚风。切开初夏拎着的衣裙

花香，盈盈而来
被我揉碎的一把日光，映出夏天傍晚的故事

爷爷就坐在花楸树下
茶杯里漂浮着绿的影子

而枝丫正在缝隙间探过身
仿佛，花园的那头

奶奶，正撑开头顶上的伞
闪闪发光的
是她手里牵动的星子

一封家书

亲爱的宝贝
童话里都藏着飞花，仙子轻舒广袖
铺开画卷。麻雀在寻觅，俏皮地
留下墨点

柿子一颗又一颗，流星雨般划过
你的天空。没有邮戳的明信片
被你巧手拿捏，还有那偏爱的卡通
唤醒我的童年

我小心翼翼地收起悲喜，不敢有半点闪失
生怕打碎爱河的圆月。也许
我比你更深陷一方净土，更怀念天真与懵懂

一切感受都是你给我的。亲爱的宝贝

答应我，做我的亲密伙伴

等我回来一起规划，我们的春天

欠条

有一张欠条
它在我的心里珍藏

上面记载着
时间，地点，事件
和一位风华正茂女子的
幸福，悲哀

花开花落
所有的歉意和热爱，刻画在
母亲的脐带上，常常
渗出血来

与一支冰激凌有关

当你再次靠近
奶油选定的红莓果儿，涌入夜
当嘴唇到达冬天的田径场
如此多的闪着银光的糖霜，也瞒不住
彼此蛰伏的密语
而此时，咖啡店的偏厅里
我们面对面坐着
被按下头的木勺子与甜筒
轻轻晃着影子
甜味素融入气流，从第一杯
浓稠的咖啡，开始
一切都在安静中产生
包括去年的，冬天
包括我们的姓氏以及关系
在爱中遇到的，种子

在帝王的空杯中

被浸泡过的，名字啊

逐渐将两个小小的要求分化，融合

并甘愿，误入歧途

我的阿勒泰

唯有低头吻过这片土地
才能拥有
才能表达
独属于，一个人的阿勒泰

如，潺潺的河流
将我融入古老的密钥中
以新颖的视角
解读那些草尖上跃动的经书

如此地幽逸，绿潮直涌天际
一群牛羊在嫩草中俯身

风把我吹向旷野

恰似一片秋叶，从枝头飘落大地
我的怀里
抱着松树干上苍老的愁容

时光悠悠兜转
月华从天空落下来
而散步的我又好像邂逅另一个自己
那些被风牵动的小花，躲在身后
像我三月的女儿
在黄金铺设的大地
继续哼唱

我却再不敢私藏月色
那么多隆起，而又坚决
和潺潺流淌的内心

任凭这些极目远眺的松林

慢慢转身回望

我的故乡

昨天

有人沉陷往事
有人误入寂寥的心声
唯有我，在错失里泪流满面
一切往事都没有回程
只有那些记忆的花朵愈念愈深

从指尖轻曳到根植心底
从一朵云的肺部听到
风的叹息，花的呓语

越来越瘦的夜
这时，不适合去蹚曾汹渡的河

初见

放逐在此的：那些善意的目光
那些白玉兰
那些心底的柔软
那些风……

我们，将心向天空敞开
我们相撞，或者糅合

或者，某个瞬间
我们悬在小阳台上的风铃
跳得正欢

那时花开

时光闪烁
木槿花朝开暮落
蓬勃的野草扑向远方
篱笆墙的影子
加深了故乡的寂寞

回忆是缓慢的
我突然喊出你的名字
喊出另一个羞怯的我

晚风吹拂，落英满坡
几声蛙鸣
泛起了荷塘月色

永不凋零的花

月光缠绕长空
窗前的女子把每一个黄昏都站立成
一幅星子倦隐、无声的画笺
她等待相约的人
她把花朵藏在记忆的鬓角

她掬一缕蓝月
装进瓶子
她会让石子发光，小河流尽草原
用每一瓣花叶，记录下不均匀的呼吸

梨花落

这不是春色，是浮光
用水袖一样的月色一地铺来
喧嚣千年，飘摇在这一刻
专注而又静谧
使我成为主角

一朵朵，犹如我万颗心
珍爱永世的洁白
给我新的嫁衣，许我
再次成为新娘

独自一人

一个人，毫无目的地走着
有时只因月光独好
有时为灯火阑珊
有时会因为远方的人
被锦绣裹着
清净，像散发暗香的青草
安静地呼吸
在石阶上小憩时
更加遥远的云
像另一种绸缎
我的手指是神话里的剪刀
给时间裁缝红色与洁白的外衣
我愿意天空是一个巨大的笼子
不惜像鸟儿一样失去自由
并忘记黑夜与白昼

这一年

我喜欢陶瓷一样的碎片
敲打它时不会心疼
只会得到愉悦
它多么像时间和爱人

在午夜，在月光下
一串文字跌落
那张弛的节奏与我，相互契合
心中的那一抹云霞
从彼岸赶来

微弱的灯光像是古老的灯塔
使我渴望完整
与悲喜交替。我按下保存键
仿佛它们褪去尘埃

只露出音乐的本质
在我心头颤动

邮筒

与邮筒猝然相对
想起那些下落不明的明信片
彼时。正是江南梅雨季
她打开信纸，写下名字和问候：
最近，你好吗？

手上沾满春天的花蜜
窗外。男孩们草坪上飞奔，运球如风
如今，邮筒茕茕孑立
绿漆已然剥落
树丛中偶尔拂过清风和蝉鸣
她轻叹一口气
将回忆从邮箱倾倒
印花裙随风轻扬，走进夜色中

姐姐

一根小钩针，几团毛线
四季就来了
你两眼顾盼
麦垛是你用汗水和阳光编织的城堡
被暮色渐渐笼罩
一双巧手创造的奇迹
声势浩大，除非来自母亲的胸怀
姐姐，我从心底轻吟
像一只迷路的蝴蝶
扑向你钩出来的春天

槐花开时

一串串风铃

挂在树干上

摇着淡白雅致

有种怯怯的美

花香溢满整个村庄

采摘几把

做成白面饼，蒸团子，酿花蜜

吃着吃着，我们就长大了

今年的槐花又开了

我把影子靠在那馨香沁人的门框边

却走不出来

又迈不进去

那个女孩

松软的草坪上，一顶帐篷从暗夜里长出来
扎马尾的女孩，正出神地
对着画板发呆

三月的窗帷拉开
她的一颦一笑，像繁星中的一颗
晶莹，明亮

她更像一个天使
在美妙的春色里，提笔
尽情勾勒着思绪和春光

每次我背上行囊
都会在远方，不停地寻找梦想

那些年

两颗石子之间，隔着一段山路
隔着落花，尘土
我捡起一颗揣在兜里
帮助这颗石子寻找兄弟

那些年，我不停地播种
挑水，施肥
不遗余力，为春天代言

无根的稻草人，漂泊归来
掏出怀里的方言，守护故乡麦田

夏夜

一只蜻蜓，展开黑色的双翼
栖息在野蔷薇的花香之上
暮霭即将合拢
蝉鸣密布，凉风习习

我不敢想你，总担心萤火虫，会
摄走我的秘密
老槐树下，大人们闲聊着
你手中的那把大蒲扇，一下一下
摇来清风，星光，花语

若你还在，我一定会在你的故事里
微笑，或者哭泣

在夏日里想你

夏日的秋千摇摆在黄昏里

萤火虫旋舞不问南北东西

夜色在阴影中浮起

清风左右着我的呼吸

你的身影若即若离

曾经爱过的印记

又一次被时光慢慢侵袭

你的影子让我莫名欢喜

把你刻在最柔软的心底

沉淀成一段不可言说的秘密

不离不弃的诺言不要丢进风里

只要闲下来就忍不住想你

把往事剪成没有悲伤的影集

画中人希望是你又不是你

等雪的日子

等待：一夜之间，菜园里的蔬菜没了筋骨
树叶抖落满身的彷徨
那些踟蹰的脚印，深埋的沟壑与崎岖
让雪色掩埋

我要写信，给你
把朝南的房间装饰成你喜欢的淡蓝色
学道拿手菜，写诗练字

第一场雪落下
在春寒料峭的清晨
我们一起走进后山如火一般的桃红

给冬

雀鸟站在冬天的领口上
舔食甘露
一场雪，来得有点突兀

公路像一条白丝带穿过原野
一种辽阔，拉近了
乡野与闹市的距离

趁着安静，我们走进这雪地
寻找
远行人划过的省略号……风
很轻，很柔

大雪无雪

多么想念一幅黑白素描
一笔，两笔……

今日大雪，雪没有来
你也没有来，微风来了
光影滚落在花叶上
不小心，我也落入光的圈套

我的花仍在肆意疯长
想你的风在窗外
那年，我们没来得及道别
便分别在了春园外

我的窗台模拟了春天
花开花的

我似听见了，有你的

细小风声

灰姑娘

该怎样穿上

这双水晶鞋

像在万千沙砾中的珍珠

如此迷人

几次磨破了我的脚

后来它寂寞地蹲在墙角

我也蜕去虚荣的皮囊

于方寸之中

留白足够的空间

安放欢喜

哪怕是别人眼里的灰姑娘

我也要做自己的王

自画像

一颗简单的心
被岁月，折叠成无声的沟壑

曾经的单纯
瘦小的身影，还有倔强
仍在阳光之下
踽踽而行

而当我描绘这一切时
秋风正起
一个女子正眼神清亮，又游离地
望向远方

被风沉醉的日子

风是希望的手
使最深的大地醒来
只有追梦的人还在幻想里匍匐

蒲公英的种子在黄昏发芽
苹果在黎明更加青涩

千纸鹤、风筝也变得有趣
当距离被目光拉短又拉长
有想见的人才好
一切都会变得温柔

同居者

清理房间时，窗帘下
一只蜘蛛慌张地逃出来
它大口喘气，眼睛乱转
稍事停顿，便镇定自若爬走
在蛛网上方，冷静地酝酿着什么
我的目光随它喷出的雪丝旋转
它一次又一次架起天桥
我放弃了打扰它的刹那想法
与它为邻，兴许是一个新世界

猫

无论我梦见什么，醒来都会去巷子口喂那只猫

它像我一样，半合着狭长而迷惑的眼睛
尾巴打转

喂——
来吃呀——

它专注着，窥探着，对面咖啡屋亮出的标语

它的福尔摩斯式的小鼻子嗅了又嗅，微风中
一些新生的味道

半径

大雪初歇，水滴顺着屋檐滴落
暗暗地穿石

沉默的中年，我独自享受着
一个人的清欢

阳光下，一群小孩子正在搬运雪花
构建幻境

他们抛出雪团，制造战争
在自己的童话里
守卫着神圣的
半径

够了

厌倦漂泊
喜欢被落日余晖折叠成的旧电影
不一样的起伏和闪回
让我觉得这才是真正的生活
那次的遇见让我纵情与满足

青睐每个午后的时光
那份静谧，让我愿意如此献身
停下远行的脚步
心甘情愿接手滚烫的水质
于热气蒸腾中变得更加立体

就这样，如一朵小花静静地开着

生日帖

沿着手心的纹路，聆听岁月
叠幻的影像在眼前跳跃
我爱流云的消退
更爱梅花和雪地
在即将重新开启的一扇门前
我窥视芳草漫天

吹灭蛋糕上的蜡烛
用久违的泪水点拨琴弦
来吧，未了的爱情
和永恒的青春
在强者面前保持我的傲慢
在弱者面前表露我的羞怯

小日常

嗨，我们散步去
沿着门前的小路一直走
不要回头

等风，摩擦着脸
等小欢喜，跳上眉头
等阳光，在枝叶间流连
留下斑驳

我们一步一步
走入郁郁葱葱
或者，在光阴里
枕着臂弯，做两朵永开不败的花儿

陪你一起看炊烟

午后的风，夹杂着《诗经》的温情
清音袅袅
记忆的田垄上
蓬勃的绿意在涌动

画一笔炊烟
在素色的日子温暖，惊艳
陪你在阡陌的时光里，饮一杯风月
接受喜悦的荡漾

慢下来

一片叶子似扁舟般在风的水潭
起伏，翻卷
让静与动，交融

清茶那么恬淡
我应该用我的嘴唇来隐喻

多么好看的花
像一棵兰草住在尘埃里
让眼睛里的雨无比晶莹

低下去
再低下去
我却无法形容杯子里的空空

在此爱你

坐上远行的列车
田野，村落，大山
又一次一闪而过
熟悉的画面扑怀而来
这是我给你所要发出的信息

我不告诉你车次和终点
我只想用如此方式问候你
——许久未见
把一路上收集的云霞和温柔
悉数换成一起读书，挖蛤蜊，听雨的场景

我喜欢做一个迷失方向的少女
做一些恶作剧
让你来寻找和宽恕

慰藉

静谧的午后，一阵乳名的呼唤声
撞破云朵的口袋
像是散了一地星子
风起
漫天飞舞

某一刻
一只翩翩起舞的凤尾蝶
落在一朵
洇红的蔷薇花上
互换着眼神

而阳光越发灼热了

或许，你来过

风轻轻一吹
草籽的香味就越来越浓
这是我半生的收获

坐在树下，你听见了吗
一株牵牛花吹奏着歌谣
正在描述我的执念
它向上的本能，像我踮起的脚尖

落日的余晖缓缓铺洒
它们把最美的一面留给黄昏
它们爱黄昏给予的自由

我的身体感到灼热
是你目光刺入的地方

写给张爱玲

那些冷峻的词都消失了
船和星子都在对你深情回眸
鸥鸟一样的波浪缓慢而寂寞

你再次酩酊大醉

以前的笃定还是扑向了浅滩
鸥鸟口中的鱼
多么像当年爱你时的耳语
是的，它们死了

而它们的身体还在说：
不早不晚，原来你也在这里

凌晨四点

如果能像月光那样不分性别
一切都会变得一致
如果能像玫瑰悄然打开自己
所有松弛都将使我变得夸张而又真实

在诗行与音乐中
我选择放弃自身的抵抗能力
甚至愿意去模仿为春天而跋涉天涯的飞燕

某一瞬间心存清明与柔软
在水波之上
留下另一种风情

有梦的地方

远方神秘

我无法触及

只有踏上迢迢千里路途的候鸟才能抵达

天空赐给它们一对翅膀

而天空只许我想象

我坐在旷野之上

寒冷而又孤寂

过冬的麦子和小草簇拥在一起

仿佛是一个信念的火炉

春归大地之时

会是一个怎样的前奏

雪原之下的高度在我心中隆起

一种充满荷尔蒙的广阔不断从心底喷涌

我爱世间的全部

也接受春天里的失去

所以我担忧而又充满遗憾

用尽所有方式做一个最简单的描述

不如见一面

春，以作者身份端坐于花柳间
临摹昨夜的星辰与露水

文字如风
裹挟着一颗颤动的心

记忆回转，我无法按捺的情绪在滋长
我是最容易被感动的读者

大地如纸，纸那么短
我们不再遥遥相望

我拿什么留住你

我们的爱

像剥洋葱

明知道会为之流泪

却不能罢手

我无数次问你

摘下秋天的枫叶之时

是否有相同的感受

为了再续这段情缘纠葛

它过早地落下来

任时光啃食炽热的红

直到它成为一张白纸

当我们停止那样的肢体语言

我们的心

一半已化腐成泥

一半刚刚嵌入重生的微光里

君知否

烛红独影瘦

月如水暗流

斜倚窗前

案头书翻旧

秦时关山汉时歌

唐诗宋韵满眼秋

看岁月无时尽

只有风去来自由

举酒一盏难解心头苦

酣梦一场难纵愁

回望故乡路

花浓春深恨悠悠

相思任入骨

君知否

知否知否

晶莹的爱

因你沉默了许久

那份情一直难以释怀

海水竟把深邃的印痕卷走

冷风的口袋塞进尘沙

不知拍打的浪花是怎样的心情

夏花也许读懂了我的浅浅悲哀

知道你一定在我身后

像凝望着这片海一样凝望着我

浪花如雪，清澈透明

大海的胸襟沉浮容得下暗藏的礁石

一个季节灼热不了岁月的流光

孤影生了翅膀在月光中游荡

总有一天它会晶莹着返回人间

把念想投给冷了太久的阳光

幽思的泪滴落下来

像花儿一般开怀
一定是源于看到了你那
久违而热烈的目光

致这一天

这一天，栀子花散出幽香
你拥有月色的光泽
此时的风必须用来表达爱情
幽香、光泽都浸入身体
让我忍不住地想你
这幽香，这光泽
多么渴望归你所有
我的目光里，全是你和整个世界
为了与你相见我已经两手空空
多么希望只有你明白
我不想除你之外的任何交集
来此之前请带上雨
这一天无限丰满
让我依然忍不住为你写诗
打开一扇门，我们什么都不说

让这样的风景

虚度时光

不提过去

只创造现在和未来

立夏

骄阳似火
石榴花饱满红硕

飞虫潜伏于阴影之中
用叫声试探人间的幽静

青梅酸了又酸
可以煮酒了

在梦中
对饮的人已经起身
穿好盔甲
又去帐前听令

素手做羹汤

为了等你
我走了很远

无论是在康桥还是廊桥
希望我们终将相逢

为了见你，我用桃花酿酒
用泉水蓄泪

为了最温馨的时刻
想调制一碗羹汤，用我浑身散发的幽香

第三辑

问时光

月的独白

是不是，透过你举起的杯子
还能记起来
那杯桂花酒里面
印着的，我唇上的胭脂
那么多，纷至沓来的花雨啊
在我舞湿的衣袖里
哭泣

折一段青枝，搅一池浮水

而我再也看不清哪个是星星
哪个是你
当月光在我头顶上颤动，一个轻微的脚步声
就湿润了两排年少的睫毛
池子里的荷花，就炸裂开
一整个湖水的红晕

远在远方的风

秋有些凉了
有人，走入这森林，仰头
寻觅曾经的痕迹

月色如羽毛般
掠过上空
此时，一阵风，悄悄地吹过
无边的夜色

我看见，两只野鸟，在凌乱的落叶中
各自走失
而鸣叫声，逐渐跌入黄昏

在林间

树木们以各异的方式度春秋
我们相拥在安静的光阴中接受枝干和青叶

晨光悠悠转醒
让这满目的誓愿清新与芬芳

我们静坐在树下
不约而同地深呼吸
一丛矢车菊兀自开着，不知内心所念何物

夕阳西下，空气也变得迷蒙起来
我们起身

两只麻雀惊飞，划出短短的斜线
隐匿在阴暗与彼此之间

天涯

我想躺在落日暮霭下小憩，等梦境
再次摇醒夜的风铃

一枚落叶簪上鬓角
为我暖一壶秋色

合上书的时候
依然在你的影子里栖息着

我在叶脉写下几行小字，透过阳光
还原最初的青涩

那些用尺子丈量走向远方的人啊
枝头上
总会结有成熟的苹果

在路上，一股清风超过了我

带着飞絮飘零的呓语
行走的轨迹再次被阳光擦亮
沉寂的呼吸像清露
透着点点幽凉

那是蒲公英在飞
飞向心中的圣地
落下之时无关贫瘠与富饶

谁领悟到它明亮的忧伤
和无限自由的洒脱
谁就得到风最高的礼遇

问时光

在清晨，听一朵花悄悄地开
一只鸟儿
从一个枝头，跃向另一个枝头
在傍晚
看漫天的云霞，溢满无尽的
暮色与失落

我们背靠背坐着
任指尖的微风
慢慢吹动，又向着远方奔赴

我们永远留下
接受一切，也摈弃一切
重复着没有休止的，毫无意义的
却不能不表达的语言

岁月与脚印

一

山，记录下石头的前身
水，把树苗养育成擎天之柱
树，用年轮收藏了世事风云

二

日子，说长不长说短不短
人还是那个人，云还是那朵云
光阴匍匐着风华，风尘暗淡了容颜

三

当脸上，聚满褶皱

纵然心中，仍有些许错落
时光，从不顾及任何人的恍惚

四

人生，向着未知的未来
岁月，甘愿被风云一步步丈量
脚印，不后悔在旅途上留下任何记忆

细节

梧桐树下
一只小花狗和一只灰喜鹊正在对峙
它们对秋天的到来熟视无睹
它们正决出真正的强者与弱者
我不忍
大吼一声
小花狗仓皇逃去
雨中的落叶还在发出腐热
荒草加速疯长
很快遮掩了灰喜鹊
仿若遮掩了一粒硕大的草籽

小城

同样的小城，同样的风月
同样的
泥土、花香、石桥、溪流、狗儿、稻田……

在那座同样的古老石桥上
她和他撞了个满怀

我站在另一个时空，看他们
带走彼此的味道
彼此的羞涩
然后，偶尔思念
成为彼此的传说

摆渡人

连指尖都捕捉不到的地方
有许多故事可讲

比如
那片海，一次次
在草原上投影
又比如，每滴水都折射出你的身影
让我无法从漩涡逃遁

一朵朵浪花
一片片悲伤
最懂我的人，正站在渡口
撑起杆

山那边的星星

群峰涌起，一座孤峰从峭壁中挺立
星星仰望天空

仿佛不要命地蓝
仿佛要穷尽一生去蓝

黄土枕在大地母亲的怀抱
挥洒热忱

一双黑色的眸子，洞穿悲欢
一颗颗明亮的星星
擦亮暮色和归人

像风一样

风一样的男子

穿梭在大街小巷

机车在他胯下欢快地吟唱

时光一次次飞越，在生命的野马渡

灯接过晚霞的余晖

掩埋了几层黑夜里的背景

渺小的身影流溢出别样的光彩

红黄绿灯汇成星海银河

热腾腾的餐盒上

还印着他的，风一般的微笑

巢

一个蜂鸟巢
一个太阳瞳孔
一个熟悉的梦

我曾想窥探
柔韧的巢是如何筑在坚硬的瓦片上
却看见
月光一瓣瓣飘落

夜晚，蜂鸟住在屋顶小小的巢里
我住在屋里
天地一片寂静

如我所愿

世间微小的事物，都值得被期待
譬如，花朵素静地绽放枝头
譬如
把春天装进布兜
再一次听到你喊我小傻瓜

化长风，环绕世间的一切
做无形的舞蹈
我就这样静静看着，那几朵蔷薇
无声地
落入矮墙里

彩虹的碎片

一些执念正在
慢慢消散
比如细雨不知何时停止了
比如，一个人
在泥泞里摔倒又站起来

而远处，摇篮般的水面上
一根白色的鸟羽
在轻轻摇动着
那人捡起了
落在水里的，彩虹的碎片

与夕阳对望

彩霞漫天。青山之外
一抹缓慢的炊烟
比我的影子更加修长

群鸟飞翔于其上
用尽全力与蔚蓝交织在一起
它们的歌声空灵
仿佛在讲述我的内心

有些未完成的事
被夕阳摁进了黄昏里
我没来得及告诉你

沉睡的谎言

一颗莲子

在阴郁的秋日

随风沉入淤泥之中

来年春天，青青荷尖

亭亭玉立于水面

这仿佛是一个美丽的童话

我读过另一个版本：

也是在同样的秋天

一个乡下孩子

赤裸着双足

在漫天如水的月光中奔跑

不知何时失去了踪影

不知何时她又在同样的地方出现

像一个梦到另一个梦中

把伤疤当酒窝

破碎的记忆和逝去的阳光
总能纠缠在一起
使我相信一根黄金绳的存在

天边的云与大地上的流水
也有过那样的交织

没有梦让我变成一尾鱼
而我却相信七秒钟的痛苦
和自由的呼吸

拾荒者

傍晚来临
已经没人认出你
引路的灯光
使你的身影幽暗又模糊
使你的指尖锋利又修长

在花园里散步的人
与你相比
如在微风里摇曳的花朵

他们越来越迟钝
而你越来越灵活
你的蛇皮袋满了
你的白发不见了
而他们仍然没有认出你

局外人

我匆匆走过
人来人往的十字路口
有些什么尾随
我猜想，它有明亮的光斑，和好看的阴影

这时，我看到了路灯
那么微弱
像是一个女人
有些许胆怯
像一个嗜好独处的女人
走过灯红酒绿的街区
带着自己的影子
如同那
与生俱来的孤傲

泥瓦匠之歌

在某一天他醒悟过来
睁开眼一看是墙，久远的混凝土高墙
尘土飞扬的春天挡住他回家的路
每个返家躺下的夜晚
都是一颗覆盖着剧痛糖衣的镇痛剂
他击筑高歌，歌声敲碎了晨曦
广袤的蓝天比过去又深了些
但他的眼睛里像盛满水一样
那是常人无法感知的口水
他盖的不是自己的楼房
只能塑造自己的雕塑
在某一天他醒悟过来
但生活啊，又再次让他做自己的模特
自己修建的车站把他拒之门外
背着蛇皮袋子
好像在那里拾荒

窗外

夜色黯淡

灯光挺着羸弱身躯

微风吹拂

树枝轻轻颤动

落叶连成一条干涩的弧线

在星光下悄悄滑过

几只小鸟扑棱着翅膀掠过月影

卑微却坚守自己的家园

云层中有一缕光荡漾

在天边慢慢凝成坚毅的人形

一枝枝爬山虎

藤蔓把根儿生在墙壁上树干上

叶子由翠绿到浅绿再到顶尖一串红

无限地生长向前

它的孤勇让人无法体会

窗外

另有一个世界

走在林间的小路上

心跳得那么快
趁着一众树影的疏忽
阳光变动着花的颜色
一双小脚丫子从这朵跳上那一朵

蚂蚱在青叶上跳舞
蝈蝈伸长触须
而蜗牛不慌不忙的
它并不担心有谁来强拆它的城堡

这是一条会说话的小路
静得只有鸟鸣
而我继续陶醉着
流过鼻息又荡漾出去的远方

去有风的地方

鸟儿开始收拢翅膀
把一片片暖融融的暮色
带回巢中

绸缎般的时光
被风吹破
此刻，沉默是一种幸福

还能挽留些什么
青草还是落日
每一次心脏的跳动
都在迎合风的节拍

十字路口

暮色低垂
夕阳拖着沉重的呼吸休憩
公交车摇摇晃晃
发出刺耳的呜咽
在闪烁的霓彩之中消失

十字路口，等那一点绿
人海浩瀚如浓墨泼纸
关于我的梦想，都在其中
青春更像一幅写满荒芜的长卷
剩下被拉长的留白
亦有几许躁动与不安

火苗

不管你爱不爱我
只要容我近前
我会按照自己的意愿行事
狂热的，向上的
都有着水质的形状
即便是隐形的，绝不会让我轻视
抑或是桀骜的，也能让我为你增光
我可以欢快地扭动
来表达我一切
在自由与黑暗的时空里
我即是你

十八岁那年

一

蔷薇花下的秋千
风儿拂动
一位小姑娘在读诗

青春，像个拾荒者
站在十字路口，不停地捡拾
轻轻搁浅

时间渐行渐远
犹如，永不回头的列车

牛皮纸的书皮
淡雅的格调

混合着空气里隐藏的苹果味
席卷了校园的长廊

二

很想成为一个圣女
抱着愿意喊我姐姐的小男孩
哄他入眠
让他的温柔和沮丧教会我
怎样步入生活
也想成为一个远行者
在寒冷的夜晚点起篝火
在云雾缭绕的早晨踏上呼啸的列车
我用镰刀收割过田野中的麦子
甚至来自天空的钻石
那一年
许许多多的心愿都已完成
但现在，我好像还在等
是什么呢，除了一双解读生活的眼睛
远山，风和诗歌
花裙子和雪地都在回忆

风孩子

时而狂躁，时而安静
这次，它鼓着腮帮子
呼呼地踹开院门
撕扯晾在衣架上的被单
落叶在空中跳起优雅探戈
尘土织起烦人的霾布
嫌玩得不够尽兴，它又叫来雨
雨应付一会儿便偷偷溜走
它用力踩踏地上的水洼
却来悄悄轻扣我窗棂
这调皮鬼从门缝中挤进来
安静地缠在我的脖子上
我的翻书声，把它惊跑了

午后两点半

路经湖畔，柳叶青黄

阳光踱着慵懒的步子

我和阳光一样

融融的暖意包裹我，无边的绿意抚摸我

牵牛花往上攀爬

它的影子

静立在背后，寻找着一个答案

我抬头仰望合欢树

倘若大树低头

必能看到，牵牛花长在合欢的身上

好像合欢花从没有

在雨中零落

黄昏向晚

一

夕阳迷离，晚风徐徐地吹过
依然有青春唱和着那场花事
让我下意识地回头
那太阳升起的地方
那蓝色的激流已经彻底消失

二

炊烟袅袅，遮挡着我的目光
我站立不动，乡野只剩下一片寂静
一匹野马在影子里吃草

三

我怀念梦里遗留的温暖
一切都好像在我手中
而我的手空无一物
谁会即将帮我点亮遥远的灯火

四

天空，一半灰蓝，一半橙红
云朵不知何时骑上了那匹马
我的眼睛多么像安静的天空
内无一物，却包罗万象

五

向晚，似一艘渡心的归船
渡向月光，渡向天涯
已知与未知
不知道哪个首先来到

静立阳光之下

阳光洒下
一丛树林在大山的默然中
拾起阴影

而让人生畏的毛毛虫
爬入了
金黄的秋天，微风轻拂
许久之后或某个清晨
一只蝴蝶扇动着翅膀，忽闪忽闪地
飞走了

大海没有理由哭泣

渔船静息的时候
我在用心听大海的声音
仿佛有泪水在海天交际的地方聚集
但那一定不是大海的哀伤
在蓝色的忧郁中讨生活的人
已经熟睡了
声声叹息化为大海的潮汐
这里只有我
此时海浪拍打着礁石
像另一群变得歇斯底里的人
或许我猛然产生了错觉
他们竟然托起了我的裙摆
使我不觉得忧愁
像天上的月亮
被众星捧着
光芒万丈

浅秋的思念

白云在哪里落下来
我的幻想就在哪里聚集
在这秋天的初始
谁的衣兜会瞬间鼓满
叶子在风中保持着安静
好像在掩盖着某些不能表达的秘密
我想要它们的回答
所以我会忍不住引导它们
在一万种抒情的方式中
我选择了对视
它们托着的不再是花朵
但也不是果子
似乎是最后一缕强烈的阳光
麻雀们飞来飞去
模仿它们
也模仿我

行走的河流

花朵与流水有什么区别
都是后浪推着前浪
我不知身在何处
和你一样
在奔腾与起伏中
成为共同的俘虏

就这样，也不能表达我有着春天的命运
有些梦，依旧不安
有些情愫，羞于填词
我的心在飞渡
穿过春天保持单纯
即便阳光不来，闪光的碎金依然像彩蝶
洁白的茧让我安眠

我探手入河，在温柔里想象
两只百灵飞来，就会歌唱
引诱着我的柔软

对面，对岸

阳光，落叶，灰尘
我都已读过，那一本经书
即使撕下来，也不可能消除记忆

我知道你，隔着一条河
花儿正在那里盛开
现在，从我眸底流过的时间
越来越急促
一个微浪
就能洗净长满铜锈的影子

在所有重要的事物之中
我们共同选择的是阳光
花儿，只是你的另一个承诺

一叶扁舟

倘若驶向我即是你人生的全部意义
那么我愿意
成为一泓神秘而清澈的湖泊
当你舒展在每寸波光粼粼的肌肤
起伏的何止只有被划破不安的白昼
我的涟漪，我的微澜
如早已编织的梦境
万籁俱寂，而我在歌唱
我的渔歌，献给夕阳的唱晚
献给满舟星光的温暖
使我也对黑夜感到无比热爱
此时，我们的生命有了共同的意义
而变得更加有意义
更加渴求自身的丰盈与辽阔
我不能干涸，为了使你不会搁浅

冬日的海

让浪花结成冰凌，是一种更洁白的憧憬

远远看起来如雪那么安静，却在梦中涌动，怒吼

沸腾的痴情无止无休

海，因此没有冬天

冬天只是海这座花园的栅栏

无数的脚印在那里被新的脚印覆盖又重新摞叠

让水的世界看起来既荒唐又奇幻

如你的爱情令我费解

此时的你，灰暗，悲怆，深沉

明朗又招摇

有白发苍苍的预兆

又有少年已归的隐喻

翱翔的海鸥，是爱的海洋催生的旅程

从天涯咫尺到咫尺天涯

都无法形容，又难以抹去

如同，寒冷只是一堵栅栏
什么都挡不住

黑石

岸在那边，它用另一副身板
试探一条河的深浅
草籽，在骨头缝里发芽
黑夜裹住洁白的周身
唱流水谣

性子，是那么软又那么硬
风寒和淤泥
掩埋不住多年前的喉结

它抚摸着无形的轮廓，再次
在河中洗涤，那困扰的白沙
遥远的群山
是一个巨大的谎言

听闻远方有你

我想要的，我以为只是夕阳，把回忆丢进晨霞
云朵飘着，忘了帮我把风留在
一个寂寞的拐角
一个洗涤夜色的人
可直觉告诉我
山的那边，一丛二月兰兀自打开
一整座，城市的声音
一整座城市
在每一个闪耀的光晕中
青苔和水
那是磁性如魔的声音
钻进飞鱼的喉咙
那是在暗涌的泥沙的缝隙间
像斜织的雨
转瞬，我抓住夜的犄角

仿佛一匹奔驰的白马

交替着四蹄

失语

当风路过时，我拎着一朵花
在选定的路上狂奔

一缕香，一条箴言
我竟找不到来规劝自己的某个瞬息

今夜，明月高悬
今夜
若我睡着了
贪玩的星星请不要忘了叫醒我

另一种告白

野葡萄紫中透亮
像美丽的大眼睛打了眼影
最先触摸到她的是微风
然后是被风摇动的叶子

衬托和装饰必然是一种告白
我经历如此浓郁而温馨的场面
也是这样一个夏日
一双叶子般的手远远地招摇
让我不再在意花开与花落

那时，我的眼睛
比野葡萄
更加
晶莹

悠然

半开小窗，就算是等到了结果

春天无处不在

每朵花的轮廓，每片芳香的飞溢

竹叶也绿得那么新鲜

静静地守着这种小确幸，不吐露一字

沙发一角，岁月剥落

唯有记忆有增无减

落日重叠

没有一刻让我沉醉不醒

没有一段故事让我迅速苍老

再见时，我还是一株山茶的样子

旁逸而出的花枝

如彩笔书写一行行诗

雨中兴吟

都是人间的归客

我从远方归来，它们

从天而降

而眼前这一潭碧绿与点点粉白

是我们共同的故人

这群夏天的仙子

已等候许久

该如何招待这些访客呢

除了迎风舞蹈，弹琴

除了把雨滴变成珍珠，变成迷雾般的丝绸

除了把我的目光深深吸引

把我的愁绪灵空

就是任时光在无限诗意中缓缓流逝

作为一个倾听者和参与者

我有风的姿态和雨的言语

有它们一样的热情

只是已经没有了任何思想

与夏私奔

追着春的末班车
出门一个趔趄
撞上夏日的额角
绿意侵入心野

兴奋啊，变得飞快
小溪从山上跑下来
无暇两旁花草的索吻
沙石也挡不住它
一路奔涌，向着大江，海洋

街上早已摇晃着裙装
人们的脸颊泛起绯红
董家的窗前，翠竹摇曳
陈家的阳台，茉莉开得正旺

王家的小囡，如花一样

趁着夜色，我偷偷捞起水中的弯月
驾起柳下那叶小舟，与夏私奔

雨后

穿越整个世界

反客为主

乘着雨滴为山丘解除饥渴的节奏

蹚过沾满露水的嫩草

幸福

在开放的天空之下

它们有着沉默的面孔

给大地最深邃的注解

在春风之中

在鸟鸣之中

小小的蜗牛不停地挥舞触角

用单薄的外壳和树叶

给我们讲解什么是清晨

清晨，我们都像一座山

给它一片无人区

桥

不要告诉我

它比哲学

更让我获得智慧

我的心无法背离安静又神秘的所在

却在有力地表明

众人无法向我证明的事情

除非他们像鸟儿一样比游子更懂得飞翔

天空露出的一抹笑靥

七彩的云和光芒

瞩目就是最好的赞美

重温着曾经发生的一切

我的目光最充满智慧

穿过这座桥

——天空的吻

回到最古老的故乡

怀念如风

更接近那场美妙的雨

倒影

喜欢这时的静谧

有些微漾。鱼游在白云之上

依然那么鲜活

我的衣襟同时被风与流水浣洗而缓缓舒展

我惊讶这样的舞蹈

吉普赛女郎与西施

在晚霞的火焰中交相辉映

芦花如雪，却不染头

在水天之间与我一样地抒情

河湾里的金柳是今天的伴娘

比诗歌中的水草更婀娜

不知何处的提琴奏响了往昔的爱情故事

仿佛我今天才要嫁人

月亮之上

似吹不散的眉弯，隐匿伊人无尽的憔悴

令夜空更加深邃，寂静

缓缓浮现的高远和冷清

在迷蒙的峰峦之上，弥散出万缕愁丝

这弯远在天涯的新月，由橘红蜕变为银白

是仰望给了她时间

在深情的对视中，增添无端的肃穆与凝重

急切的游子，捧起他的双手

柔和的光芒，彩带般的浮云

是多么精致的华服

今夜到明天只有从相思到相思的距离

从吻到吻的纬度

从半世迷离到人间烟火

只需一个沉醉的梦

从人间到天上

不需要等待，不需要寻觅

只需要刻意地重逢

远去的蜻蜓

暴风雨已经远去，爱依然那么脆弱

令人不敢触碰的花如我刚刚哭过

只有一只蜻蜓在空中飞舞

如我最初的美，让人瞩目

最轰轰烈烈的时候已经过去

安宁的花园重返生机

我的心开始平静，等待着已经调至静音的电话

这时蜻蜓的翅膀像风一样透明

它向暮色中的微光飞去

在消逝之前转过头，仿佛看我一眼

似乎在告诉我它远涉的水域

能照出最美的影子

我看见了，在轻盈的泪光中

岸边，风吹着口哨

拂过花的红、黄、蓝

那里是更大更美的花园

我曾来过，我坚信不是在梦中

第四辑　阳光正好

石上竹

春风拂过的地方，落雨的地方
新笋，秀颀而坚定
就像我的十指
连着幸福和温暖

在石头缝里留白
在我的画册里
每晚对着星光吟唱

它们更拥有我的身姿，我的语言
如一把把利剑刺向空中
接受我的指引

花瓣雨

梧桐树下
淡紫或粉白的花瓣，被风轻轻挽起

忽而漫舞，忽而悠然
几只蝴蝶从春深处出镜，翅膀翻着书页
停留在她的掌心

不知该怎样安慰
缤纷如雨
一朵朵落花的疼痛

三月

拆开春的快递
燕子停止迁徙
露珠沿着草茎的脉络滑落

你瞧，她寻幽的步履
花格子衫的姑娘
一个闪身，消失在油菜花的香里

于是
风吹过来，水越发清了
花儿一朵接一朵地
填满了
三月的丰腴

向春天出发

那些草
正背起行囊，走过田野、群山……

追上去的人
不过是用童话把黑夜的谣言揭穿
不过是
在某个宁静祥和的清晨
脚踩着
深埋的悸动

于是
雪融化了，风暖暖地吹过来
你，伸出双臂

鸢尾

仿佛是一团蝴蝶在起舞
紫色的光芒
正在把人间照亮

梵高赋予她孤独，高贵
只能从时光和流水中，剥离
她的憔悴

深邃和忧郁如此被衬托
蓝色的天空不是她的故乡
她从黑色的村庄起飞
然后，遮住夕阳
光，才那么紫

格桑花

除了梯田
就是这天路开得撩人的花
牛羊和天空重合的地方
仿佛有神的眼睛向我张望
她是唯一的主人

风一掠过
笑靥跃上眉宇
时刻都在提醒我是一个客人
真实的愿望
漫过辽阔的草原和一个又一个山坡

美丽的格桑花
像卓玛灿烂的脸庞
好像那么多柔软的翅膀追随着云朵

洞悉所有秘密并告诉我

我为什么和她们一样那么尊贵

以及留下的理由

赏荷记

这般安静的羞涩的含苞待放

刹那间一瞥让时光倒流

这分明就是我的少女时代

明眸善睐，情窦初开

在水一方，袅袅娜娜地表达

轻拎青裾，脚步匆匆，回首频频

引风徐徐，招蜻蜓贪恋

溯洄而来的人

一定也正在梳理他的少年样子

从一潭涟漪的荡开时起

寄我无数相思

柳荫下的蝉鸣蛙鼓与斑驳的流光

无人打扰

香色幽幽，闻时无我

碧影千丛，寻时无荷

如幻如梦的世界里

只有一本写着前世的诗集

仿佛在渡我

使我忘记时间，充满期待地停留

雨事

闪电撕开云彩

锤子在磐石上猛烈敲击

远近之间，有了滴答的碎念

这不甚完美的隐喻

赋予了雨神韵

赋予它有了故事情节

它不仅引我们瞩目

也让我们支起耳朵

此时，我们都可以停下来

停止远行，抑或停止悲伤

仿佛有份感动温柔地横亘

那是一座古老的小小的城

在尘嚣中被雨水浣洗

只剩下清新的宁静

蒹葭

春天未至。芦苇应风而动
寂静的湖水之滨
很多人认为她并不名副其实
无法达成人们认知的鲜艳

她的舞蹈，充满瑕疵的遗憾
她的柔和，像不做打扮的女子
空洞的天堂土壤之上
没有人知道。她为什么开花
也没有人亲吻她

那独有的飞逝
使她的躯体在天地之间
以温暖明快的美书写存在的意义

谷雨

布谷鸟惊醒的时节
牡丹花，在悄悄张开花瓣

这是恩宠啊
时间与高贵之心
被雨淋湿
我却关注于
一棵青草在睫毛上变换
各种舞姿

哦，喜欢，是的
我在一场雨中，坚持并抗争下去

路过春天

迎春花举起一支金色的号角
叫醒了所有的
杨花不在意谁占了高枝
覆盖一地白霜
鱼儿吐着泡泡跃出水面
吮吸馨香

这些被禁锢的灵魂
筑守自己的小时光

我把脚步放得很轻很轻
生怕吵醒这人间春色
伸出的手停在半空
一只探春的蝴蝶，刚飞过来
又倏地飞走了

风起二月

风从山巅上跌下来

就更加陡峭，更加寒冷了

而春光，正在远方酝酿

冰雪正在融化

沙砾正在接受破碎，摔打

复活的灵魂开始出窍

几棵柳正在优美的弧度里发芽

站在二月的时光中

我保持着安静

默默地仰望云朵

一遍又一遍

擦拭天空

迎春花开

草木听倦了风声
春雷的锣鼓正赶往人间
几枝俏皮的迎春花
品读渐远的残雪

然后是更多的花朵怒放
更多的蜂蝶
在春色深处起舞
追逐最美的爱情

我坐在
黑夜铺陈的拂晓压住杂草
头顶上有无数的春意蔓延

小满

哦，甜美的麦子水仁儿

光，在你尖锐的如针的芒刺上

回声沉默

我也是，因为

即将退逝的青春，犹如

此时的牧场

被布谷声声唤醒

我们清纯如泉水般醒着

毋庸置疑

还有什么能和这些麦子媲美

它们螺纹般的骨骼，竖在天地间，别的不能

我的呼吸急促

我的指尖独一无二

描绘这祖母绿，以及

即将腊熟、丰满的，文字

忆童年

一只青蛙跳过一个天真的童年
停留在
一场梦境深处

水，很清澈
阳光徐徐洒向稻田、小溪
和爷爷弯曲的背脊
左岸，荷花盛开
右岸，孩子们在树荫下嬉戏

和煦的光照过来
照在，多年后我的心窝上

五月的回眸

小满未满。窗外也有风干的落花
提醒着盛开的往事
厨房里，那位能干的先生
在烙槐花饼
风儿轻拉着手风琴
欢快的音符
些许小确幸
纷至沓来
恰巧，跃上我码齐的小字

春风十里不如你

提笔在手，用丹青描摹冬的情愫

在辽阔的寂静中

一枝梅花，轻吐芬芳

惊艳了故乡的山川

线装书中，那位怡情的女子

春风吹拂下满面绯红

她心仪的少年，意气风发

迎着风雪正策马扬鞭

心事在昨夜的梦里搁浅

指尖触及清寒

那个名字，那些过往，如风

掠过季节的栅栏

虔诚祈祷，有雪

悄悄地把思念填满

给春天写一封信

四姐妹中，我最喜欢你
河水为镜
映照你桃花般的笑容

春风一遍遍吹
阳光咬破芽壳
情话是温热的良药
我在你撑起的绿荫下
转过午后的街角

你的眼睛，你的衣衫
那滚滚而来的绿呀
忽明忽暗

立夏之时

豌豆花开了，田野被它们遮蔽
像沉睡的少女
在梦中也不肯脱下美丽的碎花裙子
蝴蝶从她的发梢赶来
为了因落寞而心生惆怅的人
轻轻点缀在她的胸前
惆怅的人牵着老牛遥遥相望
隔着一条浅浅的又宽阔的河流

夏日私语

当树叶歇在夜的梦里
蝉鸣声呼啸着穿透每一个细胞
早行的人，披着晨光赶路
麦秆上，露水清澈，透亮

墙角的茉莉，用花蕊的簌簌声
给夏天打招呼
小雨刷刷地响动，更加生动
它神秘的线条让我确信
每滴水，都在雨中活着

夏天的一部分，就挂在我耳朵上
我与细小的生命，相谈甚欢

君子兰

如果不靠近
你就无法闻到它的香气
无法感受君子的风度
也无法收获闪光的花语

无须夸张，那些
斟满阳光的花朵
在平凡的岁月里与世无争

周末，我和爱人
谈到有序的生活
谈及追求，成败
和无常的命运

两个孩子追逐打闹，猫咪逃窜

阳台上的君子兰

不声不响，静静地

伸出双手将全屋铺满碧色

向日葵

一

不如枫叶那般肆意，她向我伸出手臂
只为拥抱
而拥抱
金晃晃的向日葵更大更多的圆满
只为了构建起我的，大片恬静的海洋
而令人从心底欣赏的这无拘无束的荡漾之美
却毫无声息的蓬勃慎重

守望不分朝夕
不断从风雨中过滤阴霾与尘埃
即便垂下头颅
也具有不灭的情意
在一望无际毫无遮拦的旷野里

没有一束是无用的闲枝

二

永远向我瞩目，我已是一轮太阳
向日葵沿着幸福的轨道
提炼金子，积蓄光芒
即使花瓣上最后一滴露水被蒸发
她还在微笑
与我保持一致的是这么多年我生活的巨大而自由的天空
忙碌，沉默，升起又落下，行色匆匆
忧伤和因果
更渴望不再孤单和理解
作为我此时的影子
她接纳了所有的风和雨

六月半夏

需要从身体内，吹出一阵风
头顶的云翳便无法隐匿
一些温良的片段
晕开裙上那朵荷花
低眉间，夏又长了一寸

露珠透射的那点小秘密
被怦怦跳的两颗心
猜来猜去
感觉头顶或脚下生出的云朵
这是活着的浪漫

六月半夏，许多坚硬之物
都长出了翅膀
许多时候，我们不说话

仿佛夏日的清凉里

包裹着更深的礼物

风中的淡香

簌簌十里林，清风拂过仲夏
摇曳的雏菊、百合与木槿花
它们兀自绽放
世间有许多风景，不为谁的眼睛

阳光也没有选择
一片无垠的绿，正占领天空
一只野兔窥探着草儿的洞穴
那些松树，并不在意什么
立在峰巅，守护许多山峦

花朵也不吝啬
在青草茂密处，留下许多印戳
而那些在一阵风中，微笑的人
在丛楼的缝隙间，给你
花朵的记忆

洋葱

所有剥开你外衣的人
都不是为了与你温存
而你的辛辣
却是为了他们流泪
是的，只有流泪的时候
才可能结束一场暴力

海棠的诗意

在拐角处，那跌倒的黄昏
一片片压满海棠的枝头

散落的花瓣像旗帜
仿佛，一夜之间
奔跑在大地上的风
已慌不择路

而无法遮蔽的
一双眼睛正静静地凝视着
寂然无声的秋日

含羞草

这些活生生的叶子，还保持着去年的姿势

在一幅画的茂密中，但如果你不来

余晖，如此萦绕着她

冰冷地潜伏在无限的寂静中，封冻她做梦的夜晚

而她还是愿意写信

阳光的颜色

天空的颜色

透视叶子重新将思绪梳理

因此，像一支绿色的河流融化在血管里的生命将重新启动

当光芒反射她弓下的身子

依旧保持原来的安静，看啊

就是这样的

一半清纯，一半缱绻

一棵稗草

和稻子与谷子为同胞姐妹

但它的一生都在模仿

不停模仿，战战兢兢

它模仿完了姐姐模仿妹妹

只等到了牛羊的牙齿和胃

它一寸一寸断裂

又一寸一寸重新拔高

没有一株稻子和谷子获得这样的胜利

落花生

我喜欢它的健康和热烈
甚于喜欢自己的

是丰富的花坛
不用腹部孕育。它的安静
没有蝴蝶和蜂围绕飞舞

它不用枯萎
与土质纠缠终生
某一天，它被连根拔起
保持永恒的湿润

它还会开花。还会有
——清亮的乳汁或油脂

紫荆花

最适合生长回忆的地方
是我们一起去过的又一起离开的
——依稀是我们共同的故乡
紫荆花在那里的春天
一树一树地盛开
从清晨开始，我们把彼此变成
隐形的紫色蝴蝶
风来了，我们都没能够保持原有的姿势
不知该如何呵护
绚烂如霞，又把我们吞没的波澜不惊的花海
夜晚，多好的月光呀
我们像两只萤火虫觉悟了人生
回头看看它们
它们在我们归来的路途之上
正一点一点把春天加深

我怀念一个人

从没有在其他季节开始或结束

野菊花

哦，清新的野菊，我们是朋友
秋风正在从你的嘴巴里夺走叶子
而我，即便是翻越高山，也不能如你这般盛开
在这样的礼拜日
有这样的梦，梦中的光芒
光芒刺痛我企图在粗枝断叶间生出的罅隙
长出花苞
当你遥望天空
看到雪，即将
落在你爱人的眼睛里
野菊花，是到了开花的时候了
我开始屏住呼吸，只为缩短尘世的距离
你的摒弃
只为更早地蜕变
并且和我一样，在这旷野里
等待

有雾的早晨

旷野的两扇门，同时打开
在伸手触摸的雾气中
被你打开
你看见它们突然弹开又关闭
你看见
白鸽子飞越灌木丛，舒展而安寂
带着一缕微弱的青光
带着包围住旷野的明暗
进攻这个世界

白露

鸿雁归乡
落叶换了天地的长衫
蝉鸣凄切，一声声把夜叫得亘长

而我独自漫步，林间
沙棘果红透，藏起的忧伤
狗尾巴花落了一层又白又薄的雪
我和这些事物，同样在临界点寻找归属
互不打扰，互不询问身世

只等你清瘦的骨骼，越过藩篱之后
完成清风许诺的日子

霜降

秋天终于完成了她的画卷
今天，以最沉静的方式退场
落叶已铺成斑斓的地毯
假如还需要选择方向
那么，就仍然沿着原有的路
假如还需要细数
一个沉思之人恍惚不清的思绪
我会对她说：姐姐
该放手的我已经像你一样放手
剩下的时间
我则躲进自己的寂静里
拾柴，生火，温暖冰冷的诗句
让生活开另一种花

走近秋天

一

已不在暑燥的身体里
远行使我获得了自由
当风的眼睛还在偷偷窥视
云彩犹在恣意涂抹天空
在更加遥远的地平线上
斑斓的天际落在那里
在充满梦与神奇的时辰
我放慢了脚步
是的，我愿意永恒保留
天空与大地形成的自然屏障
把野花、青草、稻香、清澈的河流
都据为己有
做手持钥匙的行者

掌控季节之门

二

夕阳凝神

听我诉说心的独白

刹那间，我的头发被染成金黄

何其荣幸！喜爱的蜻蜓

正在我驻足的湖边上空款款飞舞

如果你在

这里会更神秘，更清澈

我们低头看蓝天

抬头看曾经的少年又返回

不担心风吹起，落叶纷纷

把我变成孤单的人

九月

云像归雁的翅膀

雨水在更远的远方聚集

使我离黄金更近

那个坐在树荫下的女孩和盲目的草原也很近

占据着我的每一个深思

与菊花共度的每一个夜晚

也使我更加明媚

我知道未来的一切也是我所深爱的

我知道他们有着太多诗歌的语言

让我学会与秋天命名

丰硕的麦田

像海面上波涛不再汹涌
包括那些浮动的小小光圈
这是我眼前安静的麦田
有着海一样蓝色的梦
悄悄平复着我的愁肠
布谷鸟念叨着听不懂的方言
起伏的长音飘过无边的麦香
农夫比我更爱这样的荒芜
他们的锄头挂在一株野葡萄上
守望的稻草人身前
落满了蠢蠢欲动的麻雀

枯树不枯

这是落叶的最后时刻：
以轻盈的身姿落下来，被踩踏
每根枯枝伸向苍穹，上面落着光
余下的筋骨
被鸟儿啄得体无完肤，如钢铁般裸露
少了岁月的粉饰
直面一场独自的修行
树下的人全神贯注素描
把一树断枝精华的部分点在笔尖上
能与枯枝媲美的人，内心必是沟壑纵横的
他所看到的光与美
藏在苍劲之中
寥寥几笔，被解读
任何事物的荣光除了在闪耀一刻
还有，谢幕仍余音袅袅

十月

柿子树上，灯笼大白天也亮着
鸿雁飞过芦苇荡，有了更多伙伴
它们带写着充满你名字的语言，向南翱翔

青纱帐里没有安抚
美好的回忆让我更加痛苦
只有一弯新月在顾盼声中
不知何时变得圆满

借着月光，我如一朵菊花
对着南山说了一夜的情话

霜叶

一

叶片上有阳光滑翔，小风嬉戏
知道它们由绿变红，又是一场悲喜剧
当它们像一枚枚奖章跌落我的胸前
我获得的只有悲伤
我伸开十指，聊狂白发
仿佛成一株新枝，和它们赤诚相见

二

嫣红的身影，整个下午都在低沉地发声
孤寂和喧闹相互剥离又融合
一个女人手捧红叶
在阅读季节的阑珊

好像找到了她最佳状态

与流云恰相反

她静息，完全另一种迷人的美

黄昏过后缓缓流过月色

水与火的乐音涓涓袅袅

我一次次谛听，使我深爱多梦的夜晚

落叶之后

一生忠于风
前行在眼泪的尽头

何来眼泪，此刻我蹒跚的腿立在林中
天空矮下去又爬上来
世间万物哪有始终

风呼啦啦吹起，落叶在地上窜起
或围着大树转圈，或赛跑
或醉了酒，身子不停摇晃
或跳入河里，打捞隐匿镜中的影子
从少年，中年到暮秋
把我领向它

此刻我拾一枚叶子，为书签

合上

——打开，又是一个春秋

秋风

你款款而至的步伐

是成片高粱燃成的烈烈红焰

你铺张而就的华贵锦毯

是谷粒饱满时涂抹的油彩

偶尔，你不得不翻越

山谷中留下的几片闲云与几只飞鸟

去山的那边

枝叶斑斓

有你煮熟的果香

流年碎屑中

你偏居一隅

在薄雾流岚中含情

九月，你挽开一朵朵菊花

在潺潺流淌的歌谣中

依次铺展，一幅多情的油画

秋天的头雁

如果凝露，能够像你没有休止地滑落
如果高粱地不止剩下茬子
每日的黄昏不会来得这么早
高旷的风也不会吹干大地
非人的大雁不会组成"人"字表述人间

它们高昂的头颅那么抒情
谁何曾听到它们的凄厉之声
举首遥望，翩翩飞鸿
如昔日再现
如讨生活的一群人远离故土
相互搀扶时刻准备穿越刀光剑影

这不是历史的重复
一场场没有硝烟的战争

把人类进化成留鸟和候鸟

大雁从大地上起飞

人类从大地上远行

叶子的脉络

秋风，锁不住
最后几片枯叶，被吹落尘埃

瘦弱的身体里
生命的痕迹携带着
那些断裂、虫洞与斑痕
在疼痛处拐个弯
抵达了
时光深处

此时，一个老人走过来
他身后
晴空万里，湛蓝清透

稻田里

火焰喷射，烧灼整个下午
延伸至稻田。尽头的云呈现紫红光影

俯身，打量株株稻穗
对称的芒刺指向天空
成熟的刚硬与冷峻让我沉默
秸秆朝着某个方向垂下头颅
如我一样，无法承受秋天之重

走进不明显的小路
听齐腰的稻子发出声响
我无从辩解。知晓那是稻子的语言
清风吹来，发丝飞舞
成为稻穗的一部分

十月赞歌

手指拂过的峰峦层林尽染
田野金黄一片
一夜之间，天空高远，大地辽阔
这魔法太神奇，太不可思议

此时，有一种声音最为动人
伟大的魔术师——
那是万物为你加冕的鼓掌与歌
从未停止过交响

饱胀的籽粒摇动旌旗
秋虫在广袤的宁静中呐喊
闪亮的镰刀胜过光芒万丈的太阳
人间的一切都被接纳
没有一丝悲伤因为你消失之后萧索

深秋已至

大雁驮着黄昏，划破秋天
水蓝色的天空下
它把尖锐的喙埋入森林
明亮的眸子在峡谷间巡视

稻田里。机器轰鸣声不断
稻草人是秋画的点缀，为父亲而鲜活
伶俐的脚趾拉长了声线
缩短了田野和植物间的距离

而星光多么遥远
从抽象符号中，解读出悲怆与宿命
折叠的钝角，映射出朝阳
我不敢轻易触碰那彩色的部分
怕惊扰尚未赏完的诗篇

怕木芙蓉在晚秋开放之际

替我们，发出悲鸣

立冬

听冬说，白是心灵原始的状态
他的眼睛在转动，嘴巴在翕动
他轻轻晃动着，试图像婴儿般伸开双手
然后归于安静
撞击和缠绕没有任何声音
窗外，柿子还挂在枝头
有乳白的颜色在上面聚集
狗尾巴草随风摇摆
他忽然又像一位老人，凭空多出一个小女儿
他双手空空而又丰实
像雪人白发苍苍

雪梅花

两个同样的灵魂

一次融合

已是风华绝代

凋零后的虚空才是真正的丰满

消失后的冰洁才是最好的温度

深情地回眸

不是为了追溯一段凄美的往事

冬天啊

我已在此等了很久

如果还有自上而下抚慰

我愿意化作春天来承受

梨花雪

或从篱笆墙而来，携一袭霓裳
半遮半掩
或没有出声，将凝重打包

这凌乱一地的喧嚣
仿佛暗夜里的星子闪耀

我在星空之下，走近这花骨朵
宁静的，只有我和她

有那么一朵，在风中晃了晃
然后落下了

雪，人间的留白

锦书托来一场雪
簌簌而落
打湿了我的衣衫

趔趄的夕阳
渐有睡意
合上书静赏

雪在来的路上
填补我们看不见的旋涡
一切崭新起来

常有觅食的麻雀
写下杂乱的象形文字
不忍打扰这份安宁

雪人

我试图，把她当作一面镜子
她则沉默着
宛若
这世间最洁白的花丘

此时
鸟儿们的鸣叫，使雪野更加广阔
阳光更加曲折

而在阳光里腐熟的她
只剩下一颗蓝得发亮的猫眼石
仿佛我的梦落在湿润的土地上

她终于站在我的面前
看着我两手空空地奔向了春天

蓝叶子

秋风，想掠走夏的所有宝贝
碧色叶子，赖在绿色的怀抱里
不愿洗去盛装和唇膏

蓝叶子，急不可耐飞进秋云
向大雁讲述自己的过往
我也曾经，蓝得要流出水来

季节，有快乐，也有感伤
生命的痕迹，留下五彩斑斓
是谁，把天空描成海洋一样

忧郁和落寞，在裤兜中深藏
蝉的最后嘶鸣，雨笑了
奏响回家的交响曲

竹林听雨

绿丝绸铺展到远方

我的心在苍茫的雨雾中抵达从未经历的时间

喜欢那些如纤纤手指的小微风

似村姑浣洗如梦的轻纱

从千年以前的夏天到眼前这个夏天

太多的邂逅成为可能

用竹杖芒鞋与蓑衣一任平生的诗人

胸有成竹的画家

在我的眼底和笔尖下也毫不踟蹰

此时，虚无的思绪中

他们共同构成天地轮廓

一节节空灵的青翠里

我不止向时而的喧嚣，与

时而的沉静

吐露不可名状的心声

青蔓

我愚笨的幸福

总追不上你比风与光芒更灵动的思想

摇曳的拔节之舞

没有任何一种尺寸能够丈量

你有时会在高处作画

或在细雨中作歌

你所勾勒的色彩与谱下的曲子

远远超越了真实与梦的边界

但你不能否认

在我种下心事之前

已把喧嚣和纷扰阻隔在尘世之外

你的生长于我而言，更多

是回忆的线索

年复一年，旧篱笆、老木桩

连同那个踟蹰者的影子

都被你深情装饰

有些时光随我的怀想倒流，有些

随你的蔓延悄悄遗失

阳光正好

蔷薇悄悄攀附的矮墙

飞向云彩的飞鸟

在温暖的光景之中，斑斓着羽毛

质朴的情怀与名字

甚至清脆的音质

它们，因此拥有拨弄时间的指针

我看到

每一个黑影都以光明在论证

一次次迎来落日

后记

缱绻悠然时光，书写诗意人生。

在我居住的小城，她的故事宛如羽翼，伴着时光，慢慢地、静静地、幽幽地生长着。

故乡的月光，温柔地飘过滦州古城，轻抚唐山的美丽南湖，悄悄地映进我的窗子，最后落在一本题为《青蔓》的诗集扉页。这一小片银白，散发着纯净的光芒，携着春天百花盛开的妩媚，夏日草长莺飞的妖娆，秋日草木凋零的冷艳，冬季梅花映雪的别致，在每一个章节、每一句轻吟里，都留下了耀眼的痕迹。这一切，让我内心涌起无尽的感慨与欣喜，仿佛刚刚经历了一场曼妙之旅。

我一字一句写下的这些文字，像一串串脚印，不停地、坚实地向前走着；又像一株青藤，在风雨中，在烈日下，不断向上生长、攀爬，从最初的灵感萌芽、开花，到多年的心血终于结出精美的果实。对于一个土生土长的滦州人来说，岁月赐予的这些奇妙，让我倍感充实和骄傲。今后的岁月里，有诗集《青蔓》伴我，有诗意生活可托。

过往的十几年岁月中，我一直以散文创作为主，近几年才开始慢慢接触诗歌。诗歌有别于散文，其最大的区别主要是节奏感，转承与递进的手法不同。诗歌的主线呈梯形网状结构，而散文呈扇形网状结构。同时，诗歌有强烈音律感，组词有平仄要求，语言更加凝练且多做陌生化、意象化处理，组句与章节之间跳跃性强，而散文则不是十分注重这些。叙事上诗歌要求简明扼要，而散文可缓缓图之。诗歌可与散文有瞬间的交汇，但绝不能通篇散文化。

于我而言，仍需继续努力，多学多悟。

《青蔓》得以出版，我有着太多的热泪和悸动。在我的文学创作道路上，要特别感谢我的挚友：瘦客、花瓣雨、张月朗、邱俊贤等。是他们给予了我无私的爱与呵护，让我一路坚持，即使步履缓慢，亦不抛弃，不放弃，稳稳前行。

感谢所有关爱我的人，感恩生命中的遇见！

此时，窗外的月光愈发皎洁，明亮。愿所有美好都如期而至。

2024 年 11 月 1 日